ALFAGUARA INFANTIL

Dos perros y una abuela

Olga monkman

Ilustraciones de Marcela Calderón

1991, OLGA MONKMAN

De esta edición
ALFAGUARA

2000, Aguilar, Altea, Taurus, Alfaguara S. A.
Av. Leandro N. Alem 720 (C1001AAP), Ciudad de Buenos Aires, Argentina

ISBN: 978-987-04-0310-4

Hecho el depósito que marca la Ley 11.723
Impreso en Argentina. *Printed in Argentina*
Primera edición: agosto de 2000
Cuarta reimpresión: marzo de 2004
Segunda edición: diciembre de 2005
Sexta reimpresión: enero de 2013

Edición: MARÍA FERNANDA MAQUIEIRA

Diseño de la colección: MANUEL ESTRADA

Monkman, Olga
  Dos perros y una abuela / Olga Monkman ; ilustrado por Marcela
Calderón - 2a ed. 6a reimp. - Buenos Aires : Aguilar, Altea, Taurus,
Alfaguara, 2013.
  32 p. ; 19x16 cm. (Verde)

  ISBN 978-987-04-0310-4

  1. Narrativa Infantil Argentina. I. Calderón, Marcela, ilus. II. Título
CDD A863.928 2

PARA FRANCESCA

A JUANCHO LE FALTABA UN PERRO.
Y UN CHICO SIN PERRO NO PUEDE SER.

JUANCHO LLORABA EN EL RINCÓN DE SU CUARTO.
"QUIERO TENER UN PERRO... UN PERRO NADA MÁS
QUE PARA MÍ..."

Y DE GOLPE, LAS LÁGRIMAS SE FUERON A PASEAR A LA
CARA DE OTRO CHICO.
JUANCHO SE LEVANTÓ DE UN SALTO, AGARRÓ UNA HOJA
DE PAPEL Y TODOS SUS LÁPICES DE COLORES. "VOY A
DIBUJAR A MI PERRO", DIJO MUY SERIO. "¿CÓMO LO HAGO?"

9

SE QUEDÓ PENSANDO Y PENSANDO EN LOS PERROS DEL BARRIO.

SE ACORDÓ DE DUQUE, EL PERRO DEL SEGUNDO PISO. "¡QUÉ PERRO GENIAL! GRANDE Y FUERTE. TODO COLOR CARAMELO."

"¿Y PINTÓN?" ERA EL PERRO DE SU COMPAÑERO DANIEL.

"¡QUÉ RÉQUETE ENANO! PELUDO, PELUDO Y TODO BLANCO. NO TIENE NI UNA MANCHITA DE COLOR. ¿CUÁL DIBUJO?" NO SABÍA QUÉ HACER.

Y ENTONCES SE ACORDÓ: "ESE OTRO PERRO QUE SIEMPRE ME SIGUE... NO SÉ CÓMO SE LLAMA".

"ES UN POCO NEGRO Y UN POCO BLANCO... GRANDE,
PERO NO TANTO... UN POCO PELUDO... ¡ESE PERRO
ME GUSTA!"

Y EMPEZÓ A DIBUJAR. "NO MUY GRANDE... NO MUY
CHICO... NO MUY PELUDO... NO MUY NEGRO... ¡ÉSTE
ES MI PERRO! MÍO SOLO."
Y MIENTRAS DECÍA TODO ESO LOS LÁPICES VOLABAN
POR LA HOJA.

14

UN POCO MÁS NEGRO EN EL LOMO... UN POCO MÁS
BLANCA LA COLA... EL HOCICO MÁS ÑATO... LAS OREJAS
MÁS PUNTIAGUDAS...
   TERMINÓ. ESTABA IGUALITO, IGUALITO.

—NO TENÉS NOMBRE —LE DIJO JUANCHO—. Y UN PERRO TIENE QUE TENER NOMBRE. SI NO... ¿CÓMO HAGO PARA LLAMARTE? —PUSO OTRA VEZ CARA DE PENSAR—. ¡YA SÉ! ¡GASTÓN!

¿Y SABEN QUÉ PASÓ?

EL PERRO DEL DIBUJO MOVIÓ PRIMERO SU COLA, DESPUÉS PARÓ SUS OREJAS Y DESPACITO, DESPACITO, SALIÓ DE SU HOJA DE PAPEL Y SE SENTÓ AL LADO DE SU AMIGO.

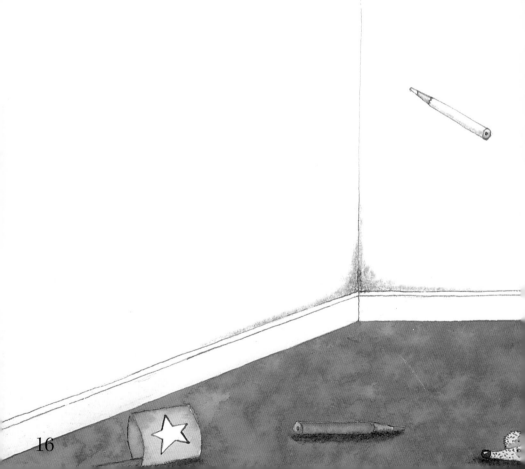

AHORA JUANCHO TIENE SU PERRO PROPIO, QUE NO
ES MUY GRANDE NI MUY CHICO, NI MUY PELUDO NI MUY
PELADO, NI MUY NEGRO NI MUY BLANCO...

Y CON UN NOMBRE NI MUY LARGO NI MUY CORTO..., PERO SÍ MUY LINDO: ¡GASTÓN!

UN DÍA, JUANCHO PERDIÓ A SU PERRO GASTÓN.

LO BUSCÓ POR TODOS LADOS Y NO LO ENCONTRÓ.
DEBAJO DE LA CAMA... ¡NO ESTABA! ENTRE LOS
ALMOHADONES... ¡NO ESTABA! EN EL CANASTO DE
LOS PAPELES... ¡NO ESTABA!
BUSCÓ Y BUSCÓ, PERO NO LO ENCONTRÓ.

¿SE HABRÍA IDO A PASEAR POR EL JARDÍN? ¿O A DAR LA VUELTA MANZANA? ¿O A JUGAR CON UN PERRO AMIGO? JUANCHO ESPERABA... PERO GASTÓN NO VOLVÍA.

CUANDO LE PREGUNTÓ A LA MAMÁ, ELLA LE DIJO: —SEGURO QUE SE LO LLEVÓ EL VIENTO... HACÉ OTRO DIBUJO.

LA MAMÁ NO ENTENDÍA. JUANCHO NO PODÍA HACER OTRO GASTÓN. GASTÓN ERA UNO SOLO. UN POCO NEGRO Y UN POCO BLANCO... GRANDE, PERO NO TANTO... UN POCO PELUDO... ASÍ ERA GASTÓN.

ESA TARDE SALIÓ CON LA ABUELA. PERO NO ESTABA CONTENTO. JUANCHO NO SE OLVIDABA DE GASTÓN. SEGUÍA BUSCÁNDOLO MIENTRAS CAMINABAN POR LA CALLE, EN LOS JARDINES, EN LOS NEGOCIOS...

—¿QUÉ TE PASA, JUANCHO? —PREGUNTÓ LA ABUELA.

—BUSCO A GASTÓN... —CONTESTÓ JUANCHO— LO PERDÍ.
—YO TE AYUDARÉ A ENCONTRARLO —LE DIJO LA ABUELA.
(LAS ABUELAS SIEMPRE ENTIENDEN.)

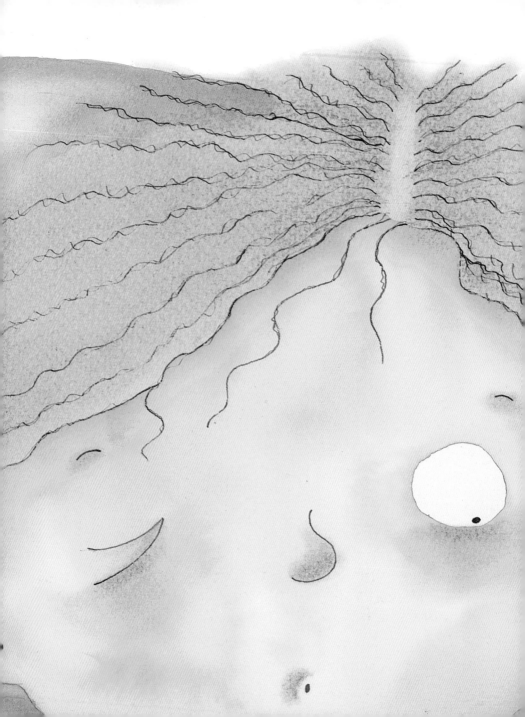

ENTONCES, LLEGÓ EL CUMPLEAÑOS DE JUANCHO. ¿SABEN
QUÉ PASÓ CUANDO DESPERTÓ? SINTIÓ UN RUIDITO CERCA
DE SU CAMA. HABÍA ALGO QUE SE MOVÍA DENTRO DE UNA
CANASTA.

LOS OJOS DE JUANCHO SE ABRIERON, GRANDES, REDONDOS...
EN LA CANASTA HABÍA UN PERRO. UN PERRO UN POCO
NEGRO Y UN POCO BLANCO... GRANDE, PERO NO TANTO...
UN POCO PELUDO...
—¡GASTÓN! —GRITÓ JUANCHO— ¡VOLVISTE, GASTÓN!
Y LO ABRAZÓ MUY CONTENTO.

Esta sexta reimpresión de 1.500 ejemplares se terminó de imprimir en el mes enero de 2013 en Artes Gráficas Integradas, William Morris 1049, Florida – Vicente López, Argentina.